갸웃

영언동인 제8집

김수환 · 김진숙 · 문수영 · 박복영 · 손영희
심인자 · 윤경희 · 이숙경 · 임태진 · 정희경

시와소금 시인선 · 122

갸웃

영언동인 제8집

김수환 · 김진숙 · 문수영 · 박복영 · 손영희
심인자 · 윤경희 · 이숙경 · 임태진 · 정희경

시와소금

김수환

김진숙

문수영

박복영

손영희

심인자

윤경희

이숙경

임태진

정희경

▲ 2018년 11월 24~25일/ 경남 진주 문학기행

▲ 2019년 12월 7~8일/ 제주 서귀포 문학기행

▲ 2020년 7월 25~26일/ 경남 통영 문학기행

| 발간사 |

2019년 12월 중국에서 창궐한 코로나19가 전 세계적으로 확산되어 아직도 많은 인명피해가 발생하고 있다. 우리나라도 정부와 보건당국의 헌신적인 노력에도 불구하고 코로나19가 종식되지 않아 참으로 걱정이다. 또한 올 여름에는 사상 유래 없이 긴 장마와 집중호우 및 태풍 때문에 수많은 인명과 재산 피해를 입었다. 이렇듯 어수선한 시국이지만 우리 동인은 작품 창작활동으로 위안을 삼으며 동인지 제8집을 발간하게 되었다.

이번 동인지는 지난 2017년 제7집 발간 이후 3년 만이다. 지난 3년 동안 우리는 진주와 제주, 통영에서 만나 밤을 지새우며 시조의 미래와 동인의 발전방안에 대해 치열하게 논의하고 화합도 다졌다. 돌이켜보니 참 소중하고 아름다운 시간이었다

그동안 영언은 개인적으로 혁혁한 성과도 많이 거두었다. 뒤쪽 〈동인이 걸어온 길〉에 수록했다시피 동인 개개인의 색깔과 역량으로 시조문단에서 위상을 한층 드높였다. 이는 서로에게 고무적인 일이 아닐 수 없다.

시인은 시로써 세상을 풍자하고 어려운 이웃의 마음을 다독이며 가슴 아픈 사람들과 함께 울 줄도 알아야 하기에, 영언은 앞으로도 현실을 직시하고 시대를 관통하며 점점 희미해지는 시조의 맥을 잇기 위해 더욱 노력할 것이다. 독자들이 이번 동인지에 수록된 작품을 따뜻한 시선으로 읽고 어려운 삶 속에서 조금이나마 마음의 위안을 받는 기회가 되었으면 한다.

2020년 가을, 영언동인 일동

| 차례 |

▌발간사

• 김수환

• 김진숙

• 문수영

영언동인 발표작품

김수환

2013년 《시조시학》과 2018년 경상일보 신춘문예 등단

| 신작 |

눈빛/모르는 거라서/만장

| 근작 |

반달/영남백화점/어떤 기린/악수

눈빛 외 2편

손 없는 날
구름 없고
당신도 없는 날

눈에 흙 들어간다

이제
그만
용서하세요

칠흑 속

새하얀 얼굴
깊고 깊은 구멍 두 개

모르는 거라서

— 미스킴

봄을 기다리다가 봄을 기다리고
노래 부르다 문득 노래를 부르고
처지는 그녀 가슴은 자꾸 처져가지요

심야버스는 구절양장 심야로만 다니고
'생'은 양아치에만 붙어서 다니고
그녀의 생양아치는 뒷골목만 다닌다지요

어제 이른 종점은 종점을 모르고
가다가 돌아보고 가다가 다시 가고
그녀는 모르는 일이라 한사코 모르는 일이라

만장

흰 구름 떠가는 푸른 하늘 그 아래

장대에 전정가위를 동여맨 사내가
집 앞의 매화나무에 가지치기를 한다

뚝뚝, 지난 한철이 잘려 나갈 때마다
봄에 떠난 꽃잎들 우우 되돌아온다

휘어진 장대 끝으로
소용돌이치는 나비물결

흰 구름 흰나비 떼 저 하얀 만장 한 장

문득,
아득히 푸른 하늘 그 어디쯤
먼 데서 나를 향하는 긴긴 장대 하나

반달 외 3편

달려가다
언뜻언뜻, 불안이 튀어 오르는
그의
신발 밑창을 보았던가 아니던가

오늘도
그 뒤꿈치를 아니 본 듯 다시 본다

머언 저쪽으로 누군가는 달려가고
완결된 미완성,
너는
내가 이룬 미완성

저 깊고 환한 밤하늘, 떠가는 배 한 척

영남백화점

백 가지 꿈들이 스러진 지 옛날 그 옛날
진주를 영남처럼 넓게 짓쳐 달리던
'백화점' 떨어져 나가 영남만 흐린 영남백화점

폐건물 1층의 중고 상점 맨바닥에
목 처진 여자 티, 소매 누런 남자 티
서로를 부둥켜안고 꿈꾸듯이 쌓여 있다

립스틱 와이셔츠 아직도 몽롱하고
바지와 스타킹들 어찌 왔는지 묻지 않는
없는 거 하나도 없는 천지삐까리 중고점

천자만홍 화양연화 만화방창 천지삐까리
어제는 흐릿하고 내일은 희미한 얼굴들이
오래전, 백화점 바닥에 아무렇게나 쌓여 있다

악수

언제 나온 거니, 언제 도착한 거니

알잖아
아무도 도착하지 못한다는 거

그냥 뭐, 도착했다고
말하는 법이야

반가운 얼굴이야
내 얼굴에 동의하는,
내 의심을 잠시
의심하게 만드는,
서로의
모자람의 성분이 엇비슷한 우리들

아득히 먼저 가고
까맣게 뒤처져 가는
끝내 이르지 못할

그 발작의 거리에서

우리는
악수만으로,
사는 일은 여여하니

어떤 기린

1

늘씬한 다리와 딴딴한 허벅지입니다

숨가쁜 탄력입니다 오직 지금입니다

꿈에 본 세렝게티를 돌파하는 질주입니다

2

한 손에 들어오는 미끈한 목입니다

높아만 가는 생각입니다 기다란 원망입니다

오로지 한 사람입니다 무방비 그 사람입니다

김진숙

2006년 《제주작가》와 2008년 《시조21》 등단. 한국시
조시인협회 신인작품상 수상, 서울문화예술재단 창작지
원금 받음. 시조집 『미스킴라일락』『눈물이 참 싱겁다』,
우리시대 현대시조선집 『숟가락 드는 봄』

| 신작 |

손바닥선인장/낭만보존의 법칙/
카메라 옵스큐라

| 근작 |

하늘이 참 고왔다/붉은 신발/
핸드프린팅/수상한집

손바닥선인장 외 2편

당신을 배워요, 고백 먼저 할까요
납작한 가슴에 들어 쉬어가도 될까요
속으로 뱉은 말인데 손바닥이 쓰려요

초록으로 새겨 넣은 바람의 기록이라
먼 바다 건너온 유목의 피 흐르는지
내 안에 눌러두었는데 자꾸 돋는 어머니

달빛 아래 속삭여요, 팔월 근처예요
좋은 사람으로 다시 태어나고 싶다던
돌담 위 백년의 언어 베껴 쓰고 싶어요

먼 훗날 전설처럼 당신을 말할래요
바다의 계단을 따라 수없이 돌아오는
월령리 파도의 집에 오래도록 머물러요

낭만보존의 법칙

다 낡아 해진 시간을 내다버리지 못했다

기어코 계절을 따라 외출했던 구두 한 켤레

오래된 굽을 버리고 저만 혼자 돌아왔다

신발장 기억의 지층 기댄 날들 많았을까

또각또각 가슴으로 걸어오는 발자국 소리

한 줄도 지우지 못하겠다 마지막 귀가처럼

카메라 옵스큐라

– 1968년 2월 12일

제주팽나무 닮은 나무가 살고 있어
바람 하나 바람 둘 바람도 셈을 하는
베트남 중부 꽝남성 퐁니퐁넛 그 마을

오후의 이랑을 따라 바람이 불어왔지
하얀 아오자이 젖가슴 풀어 헤치고
총알은 발사되었지 겁먹은 눈을 향해

대나무 숲에 버렸어 우물에 내던졌어
초가집 다 태우고 벼 포기 쓰러뜨리고
투명한 쌀국수 가락 햇살처럼 고왔지

아이의 손을 놓친 어머니 피눈물이듯
위령비 제단 앞에 가슴을 탕탕 치던
반세기 야유나무가 시름시름 여태 아프대

하늘이 참 고왔다 외 3편

빨간 지붕 흙벽 아래 당신을 감히 읽는다
'조금 적게 조금 춥게 조금만 더 외롭게'
섬돌에 놓인 말씀들 군더더기 하나 없고,

'맨손으로 종을 쳐야 아픈 귀에 닿지요'
강아지똥 몽실언니 다 품은 엄마까투리처럼
해거름 시간의 윗목 다녀가신 생의 그림자

'아무것도 남기지 마라' 흙에다 뿌린 육신
어메 계신 그곳에 닿아 무릎 베고 누우셨나
조탑리 빌뱅이 언덕 그 하늘이 참 고왔다

붉은 신발

넘어진 삶을 일으켜 다시 사는 이 봄날

당신은 돌아왔지만 당신은 여기 없고

바닥에 이르러서야 비로소 보이는 길들

짐승 같은 시간들 바람에 씻겨 보내도

눈물은 그리 쉽게 물러지지 않아서

행불자 묘역에 들어 아버지를 닦는다

닦고 또 닦아내는 사월의 문장들은

흩어진 신발을 모아 짝을 맞추는 일

아파라, 동백 꽃송이 또 누구의 신발이었나

핸드프린팅

겁먹은 적 많았다
나를 뒤집어보는 일

가끔은 뛰쳐나갔다 되돌아온 용기에게

바람은 낄낄거렸지
아무 일도 없는 듯

악수 한번 못해본 왼손을 내려놓자
내 안을 빠져나간 빗살무늬 암호들

절반을 살아온 길이
부끄럽게 읽히고,

언제쯤 빈손이 되어 세상을 배우게 될까
몸에서 가장 정직한 바닥과 바닥의 마음

조금 더 뭉툭해질 때까지
문득, 안아주고 싶다

수상한집

나, 여기 돌아왔네, 늑골 같은 집 한 채
오사카 이쿠노구 밀항의 시간 너머
누명 쓴 삼십일 년을 무엇이라 부를까

돌아누울 때마다 옆구리로 새는 바람
마른 잎 한 잎에도 툭툭 마음이 꺾였을
슬픔이 슬프지 않게 창을 열어 두지요

열어둔 나의 창으로 돌아오는 계절들
새들은 갸웃갸웃 노랫소리 그려놓고
무릎은 관악기처럼 잠에서 깨어나요

무죄요 당신은 무죄, 재심판결 그날처럼
수상한 나의 기록 다시 쓰는 지붕 아래
길 잃은 당신을 위해 방을 비워 둘게요

문수영

본명 문명인. 2005년 〈중앙신인문학상〉 시조 등단, 2003년 《시를 사랑하는 사람들》 시 등단. 한국문화예술위원회 창작지원금 받음. 시조집 『푸른 그늘』 『먼지의 행로』 『화음』, 현대시조 100인선 『눈뜨는 봄』

| 신작 |

제주도 · 2/새벽 · 2

| 근작 |

손과 발/바다 이력서/압화/당구/이사

제주도 · 2 외 1편

철새가 들려준 희미한 기억 더듬으며

해변을 걷는다, 낯선 바다 낯선 내음

한겨울 꽃이 피었네

계절을 아예 잊었네

돌담 사이 부는 바람 온몸으로 달려오고

바닷속 보석 캐던 어머니 낮달로 웃네

산이마 촉촉이 적시며 는개가 피어오른다

새벽 · 2

피어오르는 안개 속 불씨 밤새 꿈틀댄다

커튼을 활짝 연다, 어제와 다른 햇살

겹겹의 능선을 넘어 도착한 신선한 빛!

손과 발 외 4편
— 어버이날에

손은 어머니요 발은 아버지라
여름날 그늘 되고 비 오면 우산 되는
언제나 다급해지면 부르는 이름, 어버이

열 개의 손가락에 만능열쇠 숨겼나
열린 듯 닫힌 듯 머리부터 발끝까지
단단히 엉킨 실타래 풀어주는 해결사

입에 풀칠하는 곳 동 동 동 달려간다
해종일 무거운 몸 지탱한 작은 돛단배
수평선 저 멀리까지 갔다가 돌아오는

바다 이력서

이순이 되는 날 감포 바다 찾아간다
모서리 닳은 장롱처럼 윤나는 모래사장
바다는 순은 빛으로 물비늘을 번뜩인다

겨울과 봄 사이에서 몸살 한 나날들
하루하루 다른 이야기 물고 날아간 새떼
하나씩 장신구 버리면 기억세포 돋아날까

피아노 건반처럼 가지런히 누운 물결
넓어지는 바다, 왜소해지는 내 몸집
누군가 수평선 멀리 물이랑을 넘고 있다

압화

활짝 웃고 있는 꽃 꺾는다, 습관처럼
타인이 알 수 없는 온전한 나만의 성城
한순간 정지된 세월 마르기 시작한다

타오르던 정열, 처음 눈빛 간 데 없고
물기를 잃어가면서 다가가는 낯선 세상
마지막 한 방울까지 마른 후 재생한다

마른 탑 올라갈수록 주름살 늘어나고
녹슬다 잿더미 되는 평생 모은 보물단지
보석들 형체를 잃고 한꺼번에 무너진다

당구
― 고부 갈등

직진할 수 없다, 에둘러 가야 한다
어떻게 힘을 쓸까, 온종일 당구 생각
목표는 나만의 비밀, 계획은 치밀하게

고부간 긴 침묵이 달포를 바라본다
목까지 올라온 말 꾸역꾸역 밀어 넣고
갈수록 체증현상은 점점 더 심해지고

온 가족 동원하여 삼각구도, 사각구도…
몇 단계 거쳐야지 후폭풍 피하려나
통쾌한 스트라이크! 그 전율을 꿈꾸며

이사

작전 짜는 병사마냥 나와 앉은 가재도구

손때 묻은 자리마다 반짝반짝 윤나는데

켜켜이

더께 앉은 시간 둘둘 말아 던진다

리듬 익히기 시작한다, 낯선 별 그 추억들

낯익은 화분 꽃잎들, 무시로 흔들린다

단단한

시멘트 사이로 봄비가 내리는 날

박복영

2014년 경남신문 신춘문예 시조 등단, 1997년 《월간문학》과 2015년 전북일보 신춘문예 시 등단. 천강문학상 시조 대상, 성호문학상 등 수상. 시집 『구겨진 편지』 『햇살의 등뼈는 휘어지지 않는다』 『거짓말처럼』 『눈물의 멀미』 『낙타와 밥그릇』, 시조집 『바깥의 마중』

| 신작 |

편편片片/향일암

| 근작 |

취이춘醉以春/좌판/워메 바람 들것네/
가을 경청/갸웃

편편片片 외 1편

퇴화의 흔적으로 비늘을 잃었다

물갈퀴가 돋아나 표류하던 원시인

몸 안에 부력을 잃어 끊임없이 걸어야 했다

이빨과 혓바닥은 생식生食으로 살아와

거칠어진 날숨뿐 맨몸으로 길을 찾아

세상에 박음질하듯 발자국 무수히 찍었다

창을 쥔 손바닥에 박혀가는 굳은살

눈과 귀의 결속으로 허기가 풀릴 때까지

밤낮을 갑옷 입고 뛰었다 살기 위해 사냥을 했다

향일암
― 先亡密陽後人朴公弘烈靈駕

달빛을 초롱 삼아 돌거북 짚어가며

울면서 오르던 길 내려서며 또 울었다

동백꽃 경을 받아 적느라 야윈 볼이 붉었다

천수관음 발 아래 향내 핀 연꽃이

다 풀고 떠나시라 두 손을 모았다

산 곳이 가까울수록 뿌리는 멀리 못 간다며

어머니 신발 신는 주춧돌이 발 시렸다

불두화 단내 흘려 어둔 길 풀었을까

뻐꾹새 울음 흩뿌려 마중 길을 따라나섰다

취이춘醉以春 외 4편

무작정 찾아든 계곬짝에 발을 풀 듯

홑얼음 너무 맑아 물가를 서성이다

가쁜 숨 피를 토하듯 살 찢는 산수유꽃 본다

꺾지 마라, 아픔은 물살보다 찬 칼날이다

햇발 꺼내 노릇 터진 멀미가 한창인데

파편 진 개개비 울음은 통점으로 도진다

농익은 아픔보다 맹목으로 길을 잃는

아지랑이 몸 비트는 저 유혹은 계략이다

난분분 몸살을 앓는 내 마음을 통쳐본다

좌판

노파의 흐린 동공 허공에서 말라간다

이마의 주름은 파문처럼 깊어지고

그림자, 살면서 삭혀 삼킨 설움인 양 길어진다

바람은 잠들었고 햇볕은 야위었다

생이란 손바닥을 쥐었다 펴는 일

펴다만 손바닥 주름이 주름을 안아주고 있다

벗어둔 신발은 걸어온 흔들림으로

뒤축 닳은 흔적이 흉터처럼 역력한데

어디를 가고 있는 걸까, 겨운 졸음 애잔하다

워메, 바람 들것네

산동네 뜬 달에 허기가 걸려 있네

판잣집 지붕위에 걷지 못한 생선함지 비린내 흘러나와 도둑
괭이 찾아드네 워메, 마른 생선 눈이 번쩍, 달빛이 발동동 고요
는 돌아앉아 기척을 뒤적이고 드러 눕 가랑잎은 바람 불러 손
짓하고 배곯은 한 끼는 허겁지겁 닥치는데 쌓인 어둠 물어뜯
듯 개 짖는 소리 높아

숨 가쁜 발자국 소리, 워메, 바람 들것네

가을 경청

청설모 나무 올라 밤송이를 개봉하자

햇볕이 쟁여 있던 알밤들 쏟아졌다

화들짝, 딱새가 놀라 솔숲으로 날아간 사이

방울꽃 향내 찾아 고라니 서성거려

행여나 꺾일세라 숨 참는 추임새로

설익은 밤송이들이 어금니를 깨물었다

잎사귀에 귀를 대면 허기가 엉켜 있어

있는 힘껏 알밤 터는 바람이 더 좋았다

청설모 속내 들킨 듯 알밤 줍는 아침이었다

갸웃

앙가슴 푼 배꽃속살 뽀얗게 부푼 오후

안부도 묻기도 전 젖살 내음 후끈하여
찾아든 배추흰나비 갸웃한 추임새다

갸웃이란 허공에 이승의 삶 묻는 일

봄볕이 풀어놓은 꽃 향을 호명하니
모른 체 돌아설 수 없어 서성이다 길 잃을까

젖몸살 씻어내듯 터져버린 보슬비에
해맑은 눈으로 몸 낮추는 꽃잎들

삶이란 젖어 흔들려도 끝끝내 사는 거다

손영희

2003년 매일신문 신춘문예와 《열린시학》등단. 오늘의
시조시인상, 이영도시조문학상 신인상, 경남시조문학상
수상. 서울문화재단 창작지원금 받음. 시조집 『불룩한
의자』『소금박물관』, 현대시조 100인선 『지독한 안부』

| 신작 |

일월에서

| 근작 |

늪/겨울, 우포늪 · 1/겨울, 우포늪 · 2/
오만/파문 · 2

일월에서

어딘지 알 수 없는 이곳까지 흘러와 끝없는 옥수수밭을 경이
롭게 바라본다 그 몸에 두세 개씩은 혹을 달고 있다

엄마는 노오란 옥수수를 팔아서 우리를 입히고 먹이고 재웠
는데 아직도 행려를 쫓아 길 아닌 길을 간다

늪   외 4편

엄마는 나에게 침묵을 가르쳤다
목메는 밥이 아닌 감정은 사치라면서
울면서 십리를 쫓아가도
보폭은 줄지 않았다

때때로 솟아나는 목울대의 서사들이
갑각류처럼 껍질 속에 안주하기 시작했고
시크한 가면을 쓴 채
한 생이 흘러갔다

뒤엉킨 내부가 감정들로 복닥거리는지
올여름 우포가 깊은 숨을 토해냈다
밤마다 흙탕물 속에서
얼굴을 건져 올린다

겨울, 우포늪 · 1

어부는 여러 빛깔의 슬픔을 가졌다고

파문을 일으켜 생각에 집중하는 늪

저녁이 올 때까지는 아직 울음이 더디다

기슭으로 그늘을 밀던 늙은 어부가 사라지자

바람이 잦아들고 물결은 더 단단해졌다

한동안 미동도 없이 흔적에 몰두하는 섬

겨울, 우포늪 · 2

그 많던 생이가래 부레옥잠 다 어디 갔나

봄의 입구를 봉해버린 차디찬 너의 내부는

응시와 바람의 덮깃으로 써 내려간 나의 시詩

오만

시를 탐닉하던 그것을 눌러 죽인다

그것의 의중을 물어볼 겨를 없이

행과 행 그 먼 거리에 사다리가 놓인다

하필 펼친 것이 성찬의 저녁이었나

인간, 그 영역을 침범한 죄를 묻다

읽다만 시집을 접어 죽음을 방기한다

파문 · 2

산책길 노루가 나를 피해 달아난다

내가 가해자인 걸 짐짓 아는 눈치다

헛것이 헛것이 아닌 소름 돋던 날이었다

어둠이 죄의식처럼 모퉁이에 숨어서

제물을 던져주며 장막을 치던 그때

순간을 시침질하듯 미완은 완성되었다

심인자

2012년 오누이시조 공모전 등단. 한국문화예술위원회
창작지원금 받음. 시조집 『거기, 너』

| 신작 |

대신이라는 말/목포 가는 길/명자 할매

| 근작 |

이심전심/제비꽃/객석에서/달구벌의 봄

대신이라는 말 외 2편
— 암 병동에서

한 방울 피도 못 되는 지랄 같은 슬픔이
목울대 밀어 올리며 새벽을 찍어 누른다
어둠 속 불 켠 전자시계 초초히 떨며가고

불면을 이기지 못한 난장판 심연은
삽날에 뒤집히는 두려움 끌어안고
속죄의 제물을 자원한다 대신은 안 될까요

말라버린 눈물과 뭉그러지는 기도만
뚜두둑 가슴 안에서 때없이 분질러진다

서른은 너무 하잖아요
내 생을 떼 흥정한다

목포 가는 길

가방 둘러업으니 마음 먼저 달아난다
한 번도 뛰지 못한 레일 위를 치그덕치그덕
차창 밖 달려드는 것도 바로바로 버리고

흔들리고 흔들리는 발걸음 모셔 놓으니
복작대던 마음 가득 빈 길이 따라오고
환승의 완행열차 타니 헐렁헐렁 자유부인

삼랑진 가르고 하동역 뒤로 넘기고
눈 맞은 남도 가시나 물큰한 향기 찾아
신나는 수다 방 차리려 칠락팔락 간다

명자 할매

울 영감 칼칼할 때 발길 따라 심어 놓은
옥봉동 그 꽃 각시 애꿎은 눈웃음에

골수에
세운 첩첩 가시
앙탈로 치세웠지

몽니로 짓무르던 기억 물컹한 찰진 봄날
늘어진 가슴팍 앞에 흐드러진 명자꽃

야이야
내 딱 한 번 더
확 피고 접다 안 될라

이심전심 외 3편

햇살이 앵두처럼 붉어진 오후 세 시
요양원 벤치에 나란히 손잡은 모녀
극세사 잠옷 바지에 이름 새겨 넣는다

자꾸만 오그라지는 바지춤 서로 당기며
오당실오당실 덧칠하고 눌러쓰는 이름 석 자
―함 보자 매매 써 놨제 이름도 도망 간데이

합죽한 입가엔 가느다란 깨꽃 웃음
―안 죽어서 큰일이다 얼른 죽어야 편한데
―오당실 딸 오래 할라요 나 고아 만들지 마요

툭툭 이어지는 대화 오래 살아 미안하다고
이 핑계 저 핑계로 자주 못 와 미안하다고
마음껏 펴지 못한 마음 눈빛으로 이운다

제비꽃
— 박경리 무덤에서

예고 없이 찾아간 빈손이 부끄러워
철책 가 쑥부쟁이 꺾어 놓으려다 멈칫
당신의 생명 사랑이 가슴을 불끈 쥐네

골방에 앉아 격랑의 붓대 꼿꼿이 세워도
밀어내지 못했을 선생의 외로움인 양
늦가을 봉분 헤집고 나온 제비꽃 한 송이

글 속 더듬으니 살아 있는 것 소리가
뫼를 나와 한산만 바다로 퍼져 가네
신전리 제비꽃 당신 눈 뜨고 반기시네

객석에서

큰 눈 온 이른 아침 쓰레받기로 눈 치우다
눈 속에 납작 눌린 주검을 뜨고 말았다
짓밟혀 마지막을 맞은 참새는 뜬 눈이다

입찬말에 끌려가도 온몸 내던지며
치욕의 날 길바닥에 편 위안부 할머니
그날을 사죄해 달라 울부짖고 통곡한다

얼마나 귀 기울였나 애면글면 그 절규
무참히 밟아 놓고 함구하는 사람 속의 나
짓밟힌 참새 앞에 서서 은결든 그날 톺아본다

달구벌의 봄

가슴을 골절당하고 들숨 날숨이 힘겹다
발목 접질린 사람들은 거리를 비우고
불안을 삭히는 눈빛 마스크에 감금 당한 입

가차 없이 찍어 대는 출처 잃은 말의 홍수 속
국민을 물타기 하며 이득 챙기는 선동 집단
그들이 엎지른 페인트에 너, 나가 얼룩진다

살려내자 나를 버려서 고난을 자처한 손길
지켜내자 달구벌을 온몸으로 치는 방호벽
그들의 처절한 희생 위에 뭉글뭉글 꽃 핀다

윤경희

2006년 〈유심신인문학상〉 등단. 대구예술상, 이영도시
조문학상 신인상 수상. 대구문화재단 창작지원금 받음.
시조집 『비의 시간』 『붉은 편지』 『태양의 혀』, 현대시조
100인선 『도시 민들레』

| 신작 |

길 위에서/도시의 달/팽목항

| 근작 |

고비사막/하이힐/
눈부신 누설/Slow해장국 24시

길 위에서 외 2편

1

흙이 사라진 길은 가면을 쓴 것 같아

빛들의 무법천지 이젠 길이 아니었지

새벽녘 낙엽처럼 누운 뒷집 줄무늬 고양이

다정한 너의 눈빛 인사도 못했는데

식은 밥 한 그릇 너를 기다릴 동안

앙칼진 너의 목소리만 단풍처럼 쌓여가네

2

터질 듯 부풀어 오른 오만의 발가락들

화르르 꽃 진 자리 길은 입을 닫았네

너와 나 낯선 세상 한 켠 발을 떼지 못하네

도시의 달

신도시 빈집 한 채 보상도 싫다던

십여 년 버티다가 주인은 병이 들고 문간방 세 든 낮달 밤낮
으로 지켰네 하세월 서성이며 일인시위 벌였지만 돈에 눈먼 아
들은 몰래 집을 넘겼지 믿음은 한순간에 깨진다는 것을 재물
앞에서는 눈도 멀어진다는 것을 깊숙이 박힌 뿌리가 송두리째
뽑히고 최후의 경고장 같은 층층 현수막이 남의 속도 모른 채
이리 흔들 저리 흔들

그 빈집 고아가 된 달이 어둠을 쓸어내고

팽목항

아직 바닥을 뒹구네, 그날의 젖은 목소리

부치지 못한 편지
항구에 서성이네

말문을
닫아버리고
늙어가는 저 붉은 등대

고비사막 외 3편

걸어가는 길이 늘 순탄치만은 않아
모래바람 앞에 마음 쉬이 흔들린다

이쯤서 그냥 돌아설까
반쯤 묻힌 나를 본다

후회의 머리카락이 늘어질 때마다
나를 끌어당기는 누군가의 숨소리

겁 없이 여기까지 온
욕심들을 털어내고

꼿꼿한 몸을 낮추니 발걸음이 가볍다
아무리 불어와도 제 아무리 흔들어도

쉽사리 쓸려가지 않는
사막의 등을 보았다

하이힐

발가락이 휘었다고 편한 신을 신으란다
의사는 발을 옥죈 높은 구두를 탓했다
이제 와 헌신짝처럼 내 자존을 버리라니

삶이 무거워도 견딜 수 없다 해도
화려한 실루엣처럼 나를 지탱해준
묵묵히 한 생을 견딘 뒤꿈치를 바라본다

휘는 줄도 모르고 그 아픔 보지 못한
뾰족한 발자국은 부질없는 욕심인 걸
기우뚱, 허황한 꿈 하나 턱을 슬쩍 넘는다

눈부신 누설

가을은 길을 잃었는지 기별조차 없고
왜목리 먼 바다엔 새들이 만장이다
마흔 해 건너서 만난 너와 나 늦은 해후

가끔 생각날 때면 거짓처럼 안부 묻던
우정도 사랑도 아닌 우린 무엇이었을까
이따금 도돌이표처럼 던지는 너스레웃음

밀물이 빠져나간 멈춘 시간 속으로
봉인된 편지들이 한 장씩 뜯어지고
어슬녘 우리의 누설 눈부시게 번져갔다

Slow해장국 24시

열렸다 닫혔다 발 디딜 틈이 없다
주거니 받거니 술잔들은 부풀어
취한 듯 흘러내리는 눈빛 모두 뜨겁다

푹 젖은 우산마냥 그대 지친 저녁은
빗속을 좇아 온 세상의 마른 눈물처럼
허기진 신발을 벗고 안부들을 재촉한다

허겁지겁 달려온 하루를 훌훌 말아
싱거운지 간 맞추는 몇 마디의 우스개
그제야 헐렁한 시간 옥죈 허리를 풀고

터질 듯 뚝배기에 그득히 끓어 넘치는
환한 절창의 봄 눈물겹도록 구성지다
한순간 재채기 같은 상처들이 웃고 간다

이숙경

2002년 매일신문 신춘문예 등단. 대구시조문학상, 시조
시학 젊은시인상 수상. 한국문화예술위원회 창작지원금
받음. 한국문화예술위원회 문학나눔도서 『까막딱따구
리』 선정. 시조집 『파두』 『까막딱따구리』, 현대시조 100
인선 『흰 비탈』, 시론집 『시스루의 시』

| 신작 |

배둔으로 가는 길/하여튼 그런 저녁/
개상듬 네거리

| 근작 |

사문진나루/구름 둘레길 은행나무/
보라색 지우개/거짓말

배둔으로 가는 길 외 2편

움푹 팬 바닥마다 흘러든 장맛비
오늘은 내게도 한나절 고여 있다
지나다 내려앉는다
함초롬히 젖은 자리

밍밍한 차 한 잔이 온기를 잃는 동안
휴게의 관습처럼 지나는 습관이 된
좁다란 시골 탁자에서
유행가를 듣는다

갈 길 아직 먼데 탈선은 비 탓이라며
따라온 적막의 시간 부려 놓는 곁길
가끔은 멈춰야 할 내게
짧지만 틈을 준다

하여튼 그런 저녁

실반지를 꺼내 놓고 손과 발 문득 보네
하나는 드러내고 하나는 늘 감추는
한몸에 나고 자라도 그늘진 이끼의 발

짧고 무딘 발가락을 손가락에 대보네
모두 다 길었다면 먼저 잡으려 다투고
밑에서 받쳐주는 일 서로 미뤄 놓쳤겠지

사는 가락 달라서 헛뿌리로 견뎌온 길
치켜세워 힘을 주는 뚜벅이 발끝에서
미더운 하나를 골라 발가락찌 끼워 주네

개상듬 네거리

마침내 다다른
곧은 길 그 막바지

흐려진 갈림길에서
내로라할 널 세워

절정인
굴뚝의 연기*
삼가듯 봉송합니다

달려가다 그치면
다그쳐 또 달리는

숨 가쁜 주자들을
북돋우는 가장자리

접시꽃
줄지은 함성
진종일 환합니다

* 한국지역난방공사

사문진나루 외 3편

저녁 무렵 비 내리자 들썽대는 주막촌
느닷없이 들이치는 늦가을 짧은 뒤끝을
연거푸 들먹거리며 둘이서 잔을 든다

죽죽 지른 파전이 술보다 먼저 동나고
모로 누운 두부무침에 질척이는 시간
이따금 빗소리 틈으로 객쩍은 농 섞는다

어둠이 강물을 시나브로 덮는 동안
그윽이 순한 눈빛 막걸리로 주고받으며
멀어진 서로를 잊은 듯 지난 일도 따듯하다

구름 둘레길 은행나무

가늘고 성긴 노래 바람결에 들리네
가다듬은 천년 목울대로 차올라
갈라진 성부에 드는
주름진 몸피의 음역

내쉬는 성채의 숨 푸르고 지극하네
부름켜의 비밀이 살아가야 할 이유가
얼마나 더 남은 걸까
되짚는 초록 잎맥

채록한 누대의 소리 잎새에 나부끼네
그늘을 펴 다스리는 딴청 떠는 딴 시대
한자리 뒷짐 지고 선
그런 나무 아니란 듯

보라색 지우개

비뚤면 없애고 새로 쓰면 그만인 걸
선물이 닳지 않게 아끼던 열 살배기
가녀린 가운뎃손가락 심지를 돋워 썼네

치기로 휘우듬히 떠돌던 한때 지나
열 길 물속 바다 닮은 푸른빛 깨우쳐
맘잡고 언덕배기에 들풀처럼 자랐네

비바람 몰아쳐도 고만치만 흐느적대다
뚝심으로 돌아와 가다듬던 풀빛 시간
함부로 닳지 않더니 제 깜냥 남아 있네

거짓말

침몰을 부추기는 강파른 풍랑이었네

천 갈래 만 갈래 끊어진 길 위에서

두 팔로 부둥켜안고 가는 너를 보았네

헝클어진 입말은 힘줄이 무성했네

온몸을 오그리고 심연에 갇힌 동안

용서는 내내 미결인 채 사뭇, 넌 떠돌았네

임태진

2011년 영주일보 신춘문예와 2013년 《시와문화》 등단.
한국시조시인협회 신인작품상, 올해의 단시조대상 수상.
시조집 『화재주의보』, 우리시대 현대시조선집 『딱따구
리 어머니』

| 신작 |

칼제비/별똥별/탈고하지 못한 만추晩秋

| 근작 |

암癌/반송/홍시/송정동 1003번지

칼제비 외 2편

사람도 풍경이 되는
죽도시장 어느 식당

칼국수와 수제비가 섞여
쓰린 속을 달래주네

모양은
서로 달라도
국물 맛은 일품이네

사는 게 전쟁이라
칼을 품고 사는 사람들

한 그릇 칼제비처럼
어우러져 살아간다면

세상에
칼을 뽑을 일
단 한 번도 없겠네

별똥별

한평생 산다는 건 참으로 버거운 일
그래서 조금 일찍 하늘로 투신했지
그날은 서쪽 하늘이
더 붉게 물들었지

별들이 밤마다 빛을 내는 이유는
그리운 사람들에게 보내는 신호라지
그러다 간절해지면
지상으로 투신한다지

잊으려 잊으려 해도 떠오르는 얼굴들
사랑했던 가족들과
소중했던 사람들에게
정말로 미안하다고
그 말 전하려
돌아온다지

탈고하지 못한 만추晩秋

대출을
거부당한
가을이 깊어가네

은행을
나와서
방황하는 거리마다

실직한
은행나무가
무더기로 잎 떨구네

암癌 외 3편

다 늙은 여자 몸이 뭐가 그리 좋다고

구순노모 가슴에 둥지를 틀었을까

암세포 너도 나처럼

그리웠구나

엄마 젖이

반송返送

입동 무렵 갈바람에 지인에게 부친 시집
외동딸 시집 보내듯 온기 실어 보냈는데
한 해가 저무는 길목 싸늘히 돌아왔네

주소는 그대론데 사유는 수취인 불명
어디로 떠났을까 그 사람 간 곳 없네
젊은 날 아무 말 없이 떠나버린 사랑처럼

때로는 내 인생도 반송返送하고 싶어지네
속절없이 떠돌다가 흘려버린 나의 청춘
빨간색 소인이 찍혀도 되돌릴 수 있다면

홍시

몇 년째 인적 끊겨 새들도 떠나간 집
동짓달 마당귀에 감나무 홍시 두 개
지독한 젖몸살을 하네
불어터진
젖꼭지

세상에 태어난 후 삼일 만에 떠난 동생
피붙이 묻고 온 후 몇 날 며칠 앓던 몸살
울 어멍 울면서 짜던
피보다
진한
초유初乳

송정동 1003번지

천사가 되지 못한 영혼들이 살던 곳
무시로 찾아오는 사내들을 위하여
밤마다 인조장미가
피어나던 집창촌

시간이 지날수록 몸은 점점 망가지고
나이를 먹을수록 꿈은 점점 멀어져도
인생의 막다른 골목
비상구는 없었네

이젠 다 어디로 갔나 울고 웃던 영혼들
마담언니 주방이모 고향친구 막내까지
허기진 재개발 바람만
들락거리는 1003번지

정희경

2008년 전국시조백일장 장원과 2010년《서정과현실》등단. 가람시조
문학신인상, 올해의시조집상, 오늘의시조시인상, 부산시조작품상 수
상. 서울문화재단 창작지원금 받음, 우수출판콘텐츠 제작 지원사업
선정. 시조집 『지슬리』 『해바라기를 두고 내렸다』, 현대시조 100인선
『빛들의 저녁시간』, 평론집 『시조, 소통과 공존을 위하여』

| 신작 |

갑오징어/폐지 내는 날 · 2/복원 · 14

| 근작 |

우산에 관한 기억/폭포/죽을 끓이다/
오마주hommage

갑오징어 외 2편

짙은 바다 휘저으며 방패를 세워둔다

닿지 못해 부러진 창 포말로 밀려오고

몸값이 한껏 올랐다

갑옷까지 두르고

폐지 내는 날 · 2

어젯밤 내어놓은 폐지가 흠뻑 젖어
바닥을 뚫고 오는 냉기가 또 무겁다
예보도 피해 갈 수 없는 길거리의 얇은 잠

부동산에 그은 밑줄 붉은 눈물 번져있다
표제는 흐릿한 채 엉겨있는 기사들
읽다 만 조간신문들 묶인 자국 헐겁다

구호로 공약으로 내려가는 바깥 체온
해가 나면 마를까 아랫도리 아직 축축해
축 처진 폐지 더미 위 집게차가 지나간다

복원 · 14

— 자가격리

나팔을 길게 불어 백합은 목이 쉬고

한낮에도 화려하던 노란 장미 거뭇거뭇

불 꺼진 동네 꽃집은 며칠째 얼어있다

당분간 닫습니다 불편 드려 죄송합니다

유리문에 이슬이듯 갇힌 일상 흘러내리고

꽃집 앞 흰 마스크만 얼굴 없이 오간다

우산에 관한 기억 외 3편

고흐가 선물해 준 해바라기를 두고 내렸다

타히티역 출구에 후두둑 비가 내린다

떠나온 아를의 방에 해바라기 피겠다

손을 떠난 우산은 사이프러스의 별이 되거나

거울 속 자화상으로 선명히 남아있다

원시의 타히티섬엔 해가 반짝 나겠다

폭포

한 여인이
돌아서서
어깨를
들썩인다

등 뒤로
흘러내린
가지런한
머리카락

하얗게
눈물이 뚝뚝
바람빗에
묻어난다

죽을 끓이다

자꾸만 가라앉아 밑바닥에 들붙는다
윗물은 아직까지 뽀얗게 홍건한데
흡수를 거부당한 채 생쌀들이 누웠다

물갈퀴 가지는 꿈 한 번도 꾼 적 없다
젖은 날개 퉁퉁 불어 꺾이고 뭉개져도
알갱이 그 흔적조차 가긍스레 사라져도

무겁게 가라앉는 노량진 공시생의 길
펄펄 끓어 튀어 오른 푸른 불꽃 확 줄이고
뭉근한 시간을 기다린다 위아래를 젓는다

오마주hommage*

연밭에 양산이 간다 연꽃보다 더 큰 꽃들

영화의 첫 장면에 햇살 자막 오르고

웃자란 진초록 배경 청개구리 다녀간다

화려한 양산들은 스크린에 피고진다

무대 뒤 부은 발이 스크럼을 짜는 사이

영화는 막을 내려도 연밥 익어 우뚝하다

* 영상예술에서 특정 작품의 대사나 장면 등을 차용함으로써 해당 작가나 감독에 대한
존경을 표시하는 것.

「찔레」―이승은

1979년 문공부 · kbs 주최 전국민족시대회로 등단. 백수문학상, 중앙일보시조대상 수상 외 다수. 시조집『어머니 尹庭蘭』『얼음동백』『넬라 판타지아』『환한 적막』외 5권, 태학사 100인 시선집『술패랭이꽃』

| 시작 노트 |

　한국전쟁과 유월, 결혼해서 처음으로 자세히 알게 된 시아버님의 한쪽 눈. 사발에 소주를 따라놓고 부르시던 백난아의 찔레꽃. 먼 길 떠나신 지 십여 년이 훌쩍 지났지만, 찔레가 피면 숨고 싶다던 말씀이 아직도 귀에 젖는다. 찔레는 아버님을 숨겨주었다. 그렇게 숨어 지낸 당신은 해마다 꽃이 되었다.

누가 숨겨 두었다면 숨어서 지냈다면
꽃 아닌 적 없었다는 그 말 이제 알겠다

한 시절
설핏한 둘레
하염없이 피었다는

해마다 유월이면 손사래 치던 당신
소주를 사발에 따라 연거푸 들이켰다

총성에
찢기는 하늘
까무러쳐 지더라는

전쟁 끝에 덩그러니 외눈으로 돌아와서
가파른 여울목에 낳아 기른 다섯 남매

가끔씩
꺼진 눈자위
없는 눈을 찔렀다는

　　　　　　　　– 이승은 「찔레」(《다층》, 2020년 여름호)

♣ 올해의 좋은 시조 감상평

우리 동인이 선정한 '올해의 좋은 시조'로 이승은 시인의 「찔레」를 올린다. 2019년부터 2020년 상반기까지의 작품을 대상으로 동인 각자가 추천하는 시편들을 모았다. 비대면 카톡방에서 여러 번의 논의과정을 통해 작품을 선정했다. 한국전쟁 70주년과 무관하지 않다고 생각한다. 의도하지는 않았으나 전쟁의 상처에 자꾸 찔리는 「찔레」에 동인들의 마음이 닿았다고 하는 것이 옳을 것이다. 전쟁을 직접 체험한 세대의 봉인된 시간을 담담하게 소환하는 작품이다. 등단 40주년을 기념하여 2019년 초가을에 출간한, 어머니께 바치는 헌시 『어머니 尹庭蘭』의 여운과 감동이 아직도 알알이 박혀있던 터라 먹먹한 가슴으로 시와 마주한다.

천둥이 천둥처럼 왔다. 감상평의 첫 문장을 시작하는 일이 참 어렵다고 느끼던 순간이었다. 그 후로도 불규칙한 몇 번의 천둥소리. 쿵쿵, 하늘을 찍고 또 찍고, 누군가 내면의 도끼로 나의 정수리를 내리친다. '천둥 같은'이라는 직유의 깊이를 알 것도 같다. 북소리. 먹구름 속에 자루를 감추고 있던 도끼가 어느 순간 지붕을 폴짝 뛰어내린다. 굵어진 빗방울이 창문을 때린다. 바닥을 두드린다. 그리고 얼마쯤 흘렀을까? 남쪽 하늘에

무지개가 엉뚱하다 못해 낯설다. 이제, 시를 읽어내는 일이 조금은 가벼워질 것도 같다. 오늘의 낯선 배경처럼.

　# 동일한 대상을 다르게 해석하는 시인의 서정이 다양한 작품을 생산해내고 이미지를 확장시킨다. 시 또한 사회적, 역사적 산물이라고 한다면 삶의 공간에서 만나는 모든 사물과 자연이 우리 삶을 반영한다고 하겠다. 찔레 혹은 찔레꽃. 오월부터 유월까지 지천으로 피어나는 꽃이다. '천둥처럼' 시인의 마음에 닿아 자기만의 이미지를 불러내는 찔레꽃. 시인의 원고지를 거쳐 탄생했던 찔레의 이미지들을 펼쳐본다. '상처, 가시, 하얀 피, 달빛 열두 필, 흰 드레스, 순결, 수인, 슬픔, 서슬 푸른, 찌르르, 편지를 잘게 찢어 묻은 그 자리, 황톳길, 눈물, 봄밤, 가난, 고독한 사랑, 하얀 비망록, 하얀 모시 꽃등'. 울음과 웃음을 한 가지에 머금은 모순의 향기, 서슬 푸른 가시로도 지킬 수 없었던 하늘. '찔레' 하고 부르면 그 이름만으로도 처연해지는 꽃. 이렇듯 찔레를 노래한 시인들은 많다. 무르익은 봄날의 향토적 정취가 물씬 풍기는 소재이자 흔하디흔한 들녘의 언어. 담담하게 풀어냈으나 들어갈수록 뼈아픈 이승은 시인의 '찔레'는 또 다른 느낌으로 와 닿는다. 백난아의 '찔레꽃' 옛 버전을 들으면서 움츠러들었던 마음을 접고 부족한 시력을 펼쳐본다.

　# 이승은 시인의 「찔레」는 세 수로 된 연시조다. '시상의 응집과 분산'을 위해 종장의 배열에 변화를 주었다. 이런 경우에

나는 종장만 먼저 읽어보기도 한다. '한 시절 설핏한 둘레 하염없이 피었다는 / 총성에 찢기는 하늘 까무러쳐 지더라는 / 가끔씩 꺼진 눈자위 없는 눈을 찔렀다는' 찔레. 각 수의 종장만 천천히 읽어보면 확실히 색다른 맛이 있다. 찔레의 이미지가 점층적으로 확대되고 있음을 금방 알아챌 수 있다.

한 사람의 생을 열람하는 일이자 '전쟁'이 아닌 '전쟁터의 사람'과 대면하는 일이다. 참전 군인이었던 시부의 이야기란 걸 나중에 알았다. 참혹했던 전쟁터에서 한쪽 눈을 잃었고, 질곡의 시간을 통과하며 다섯 남매를 낳아 키우셨다. 살아내야 했기에, 견뎌내야 했기에 장롱 속에 깊숙이 감추고 살아온 날들. 첫수의 초장과 중장 "누가 숨겨 두었다면 숨어서 지냈다면 / 꽃 아닌 적 없었다는 그 말 이제 알겠다"는 시인의 진술이 조금씩 풀려나온다. 상처 입은 하얀 눈. 해마다 유월이면 천둥 같은 기억들이 '없는 눈을 자꾸 찔렀'던 것이다.

시인이 풀어놓은 눈의 말들은 사발에 따른 소주를 연거푸 들이켜도 가시지 않는 '트라우마'다. 트라우마. 자신이나 타인의 신체와 정신에 큰 충격을 준 사건으로 인해 불안을 겪는 증상을 말한다. '상처'라는 의미의 그리스어 '트라우마트(traumat)'에서 유래한 말로서 본래 '외상'을 가리키나 심리학에서는 주로 정신적인 외상(심리적 외상)을 일컫는다. 트라우마는 선명한 시각적 이미지가 오랫동안 기억되며 당시와 비슷한 상황이 됐을 때 불안감과 감정적 동요를 겪는 경우가 많다고 익히 알려져 있다. 70년이 지나도 들려오는 총성에 까무러치곤 하는 반도의 상처다. 상처의 깊이가 깊다. '피었다는', '지더라는', '찔렀다는' 반복적인 표현을 통해 리듬감의 효과를 내기도 한다. 또한 간접 화법의 전달방식을 통해 오늘을 사는 우리에게 메시지를 주고 자 한다. 이야기가 있는 시조는 감동이 있고 공감을 끌어낸다. 끌린다. 한 사람의 서사를 통해 너무 쉽게 잊고 사는, 아직도 풀 지 못한 과제들을 환기시킨다. 울분이 채 가시지 않은 놓쳐버린 눈들이 해마다 피어 참혹한 역사에 대한 성찰과 더불어 인간의 폭력과 전쟁에 대해 근원적인 질문을 던진다.

한국전쟁 70년. 이승은 시인의 「찔레」를 '영언이 뽑은 올 해의 좋은 시조'로 선정하는 남다른 의미를 새겨본다. 찔린 다, 신경이 곤두서는 지점에 우리는 아직도 살고 있다. 전쟁 트 라우마에 시달리고 있는 세대들과 함께 살고 있으며, 그 세대 의 고통스러운 역사에 빚진 존재들이다. 가해자, 피해자와 같 은 이분법으로 해석되지 않는 수많은 죽음이 묻혀 있다. 아직 도 발굴되지 않은, 아니 발굴하지 않은 수많은 죽음이 여전히 존재하고 있다. 반도의 어딘가에서 지금도 발굴되지 못한 영혼 들. 그 숫자는 우리의 상상을 초월한다. 작년, 전주의 도심지 한 산자락에서 70년 동안 묻혀 있던 유골을 발굴했다는 기사 를 읽었다. 한국전쟁 동안 수많은 민간인 학살이 곳곳에서 일 어났다. 전쟁의 한복판을 통과한 사람들의 고통에 나는, 우리 는 닿아 있는가? 시인의 책무를 다시금 생각해본다. 시가 내게 로 와 말을 걸어오는 순간도 있지만 먼저 말을 걸어 다가가야

하는 지점이 있다고 믿는다.

　과거사와 진실로 화해하고 용서하는 과정을 통해 역사적 정의는 실현될 수 있다. 불편한 진실과 마주해야 한다. 다양한 기억과 경험을 공유하고 있다는 것을 인정해야 하며, 한국전쟁이 다르게 해석될 여지가 있다는 것 또한 받아들여야 할 것이다. 상처는 잊어버려야 아무는 것이 아니다. 토해내고 토해내도 더 토해낼 수 없을 때 도달하게 되는 곳이 무채색의 감정이다. 그 무채색의 감정에 이르렀을 때 지난 세대의 상처가 아물었다고 할 수 있지 않을까?

　『전쟁은 여자의 얼굴을 하지 않았다』의 저자 스베틀라나 알렉시예비치 일기장의 한 대목으로 글을 마무리할까 한다.

　"나는 전쟁이 아니라 전쟁터의 사람들을 이야기한다. 전쟁의 역사가 아니라 감정의 역사를 쓴다. 나는 사람의 마음을 살피는 역사가다. 한편으로는 구체적인 시간 속에 살고 구체적인 사건을 겪는 구체적인 사람을 연구하면서, 다른 한편으로는 영원한 인간을 들여다보아야만 한다. 영원의 떨림을. 사람의 내면에 항상 존재하는 그것을."

　이제, 찔레꽃 다녀가는 계절이면 눈 한쪽을 자꾸 비빌지도 모르겠다.

— 대표집필 김진숙

♣ 영언동인이 걸어온 길

- 2007년 3월, 문수영, 박연옥, 손영희, 윤경희, 이경임, 이교상, 이숙경, 이화우 등 8명이 결성하여 매년 격월로 합평회(대구낙산정한정식)를 가짐
- 2007년 5월 30일 동인 카페 개설
- 초대회장 문수영, 총무 이숙경(2007년~2008년)
- 2007년 가을 임성구 영입
- 경남 하동 문학기행(2008년 1월 14일~15일)
- 문수영 한국문화예술위원회 창작지원금 받음(2008년 1월)
- 손영희 오늘의시조시인회의 젊은시조시인상 수상(2008년 2월)
- 문수영 시조집 『푸른 그늘』(2008년 책만드는집) 출간
- 이우걸 시인 초청강연회(2008년 10월 4일, 밀양 표충사)
- 제2대 회장 이교상, 총무 임성구(2009년~2010년)
- 이경임 시조집 『프리지아 칸타타』(2009년 만인사) 출간
- 이숙경 시조집 『파두』(2009년 만인사) 출간
- 손영희 시조집 『불룩한 의자』(2009년 고요아침) 출간
- 손영희 출판기념회(2009년 8월)
- 손영희 이영도시조문학상 신인상 수상(2009년)
- 임성구 시조집 『오랜 시간 골목에 서 있었다』(2010년 동학사) 출판기념회
- 윤경희 시조집 『비의 시간』(2010년 책만드는집) 출간
- 임성구 제14회 경남시조문학상 수상(2010년)

- 윤경희 출판기념회(2010년 12월)
- 1집 동인지 『겹』(2010년 10월 천년의시작) 출간
- 2010년 가을 정희경 영입
- 제3대 회장 임성구, 총무 윤경희(2011년~2012년)
- 이경임 한국시조시인협회 신인상 수상(2011년 2월)
- 제주 문학기행(2011년 6월 10일~6월 12일)/ 문수영, 손영희, 이교상, 이화우, 임성구, 정희경 참석/오승철, 문순자, 강현수, 임태진 등 제주 정드리문학회 회원들과 교류
- 2집 동인지 『장엄한 고통』(2011년 10월 동학사) 출간
- 『장엄한 고통』 출판기념회 및 송년회(2011년 12월 17일~18일, 부산 광안리파크호텔/전연희, 이광 시인과 교류)
- 2집 동인지 『장엄한 고통』 대구매일신문에 기사 게재(2012년 1월 6일자)
- 손영희 우수문학관(경남문학관)운영으로 문화체육관광부 장관상 수상
- 이교상 김만중문학상 금상 수상(2012년 9월)
- 이교상 제4회 천강문학상 수상(2012년 9월)
- 정희경 제4회 가람시조문학상 신인상 수상(2012년 9월)
- 3집 동인지 『포클레인』(2012년 9월 책만드는집) 출간
- 3집 동인지 『포클레인』 대구매일신문 지역신간 면에 기사 게재(2012년 10월 7일자)
- 3집 동인지 『포클레인』 출판기념회(2012년 12월 15일)
- 제4대 회장 손영희, 총무 이화우(2013년~2014년)
- 손영희 서울문화재단 창작지원금 받음(2013년 7월)

- 정희경 서울문화재단 창작지원금 받음(2013년 7월)
- 문수영 시조집 『먼지의 행로』(2013년 동학사) 출간
- 임성구 시조집 『살구나무 죽비』(2013년 책만드는집) 출간
- 김진숙 시조집 『미스킴라일락』(2013년 책만드는집) 출간
- 4집 동인지 『라캉과의 대화』(2013년 11월 고요아침) 발간
- 4집 동인지 『라캉과의 대화』 출판기념회 및 송년회(2014년 2월)
- 2014년 봄 김진숙, 송인영 영입
- 이경임 탈퇴(2014년 3월)
- 박연옥 서울문화재단 창작지원금 받음(2014년 4월)
- 이교상 한국문화예술위원회 창작지원금 받음(2014년 4월)
- 정희경 시조집 『지슬리』(2014년 동학사) 출간
- 박연옥 이영도시조문학상 신인상 수상(2014년 10월)
- 임성구 성파시조문학상 수상(2014년 10월)
- 5집 동인지 『H열 1번 자리』(만인사 2014년 10월) 출간
- 윤경희 대구예술상 수상(2014년 11월)
- 송인영 시조집 『별들의 이력』(2014년 12월 들꽃시선) 출간
- 제5대 회장 이숙경, 총무 정희경(2015년~2016년)
- 윤경희 시조집 『붉은 편지』(2015년 그루출판사) 출간
- 정희경 올해의시조집상 수상(2015년 7월)
- 윤경희 이영도시조문학상 신인상 수상(2015년 10월)
- 손영희 시조집 『소금박물관』(2015년 동학사) 출간
- 손영희 경남시조문학상 수상(2015년 10월)
- 이화우 한국문화예술위원회 창작지원금 받음(2015년 10월)
- 이숙경 대구시조문학상 수상(2015년 10월)

- 박연옥 시조집 『모음을 위하여』(2015년 동학사) 출간
- 임성구 탈퇴(2015년 10월)
- 6집 동인지 『혀의 문장』(2015년 1월 들꽃출판사) 출간
- 윤경희 대구문화재단 창작지원금 받음(2016년 1월)
- 정희경 오늘의시조시인상 수상(2016년 1월)
- 이교상 탈퇴(2016년 9월)
- 문수영 시조집 『화음』(2016년 북랜드) 출간
- 윤경희 시조집 『태양의 혀』(2016년 그루) 출간
- 박연옥 시조집 『은빛 화답』(2016년 동학사) 출간
- 제6대 회장 윤경희, 총무 김진숙(2017년~2018년)
- 제주 문학기행(2017년 1월)
- 2017년 1월 임태진, 심인자 영입(제주 문학기행 시)
- 이숙경 평론집 『시스루의 시』(2017년 작가) 출간
- 이숙경 평론집 『시스루의 시』 북콘서트(2017년 1월)
- 이화우 시조집 『하다』(2017년 책만드는집) 출간
- 2017년 5월 김수환 영입(경남 우포 정기 모임 시)
- 심인자 토지문학 하동소재 작품상 수상(2017년 10월)
- 제7집 동인지 『두루마리구름』(2017년 11월 이미지북) 출간
- 제7집 동인지 『두루마리구름』 출판기념회 및 송년회 (2017년 11월 4일~11월 5일 감포)
- 김진숙 서울문화재단 창작지원금 받음(2017년)
- 이숙경 한국문화예술위원회 창작지원금 받음(2018년 4월)
- 송인영 탈퇴(2018년 10월)
- 진주 문학기행(2018년 11월 24일~25일 진주)

- 이숙경, 손영희, 정희경, 문수영, 윤경희, 박연옥, 이화우, 현대시조 100인선(2016년~2017년) 출간
- 이숙경 시조시학 젊은시인상 수상(2018년 12월)
- 정희경 부산시조작품상 수상(2019년 1월)
- 심인자 한국문화예술위원회 창작지원금 받음(2019년 4월)
- 2019년 4월 박복영 영입(대구상락한정식 정기모임 시)
- 이화우 탈퇴(2019년 6월)
- 제7대 회장과 총무 겸직 임태진(2019년~2020년)
- 정희경 시조평론집 『시조, 소통과 공존을 위하여』(2019년 목언예원) 출간
- 김진숙 시조집 『눈물이 참 싱겁다』(2019년 문학의전당) 출간
- 박연옥 탈퇴(2019년 10월)
- 김진숙, 임태진, 우리시대 현대시조선집(2019년) 출간
- 이숙경 시조집 『까막딱따구리』(2020년 고요아침) 출간
- 제주 문학기행(2019년 12월 7일~8일, 제주 서귀포)
- 정희경 2020 우수출판콘텐츠 제작 지원 사업 선정(2020년 5월)
- 통영 문학기행(2020년 7월 25일~26일, 경남 통영)
- 이숙경 시조집 『까막딱따구리』 한국문화예술위원회 문학나눔 도서 선정(2020년 7월)
- 정희경 시조집 『해바라기를 두고 내렸다』(2020년 책만드는집) 출간
- 임태진 나래시조 제6회 올해의 단시조대상 수상(2020년 8월)

시와소금 시인선 122

갸웃

ⓒ영언동인, 2020. printed in Seoul, Korea

초판 1쇄 인쇄 2020년 10월 26일
초판 1쇄 발행 2020년 10월 30일

지은이 영언동인
펴낸이 임세한
디자인 유재미 정지은
펴낸곳 시와소금
등록번호 제424호
등록일자 2014년 01월 28일
발행 강원도 춘천시 충혼길20번길 4, 1층 (우-24436)
편집 서울특별시 중구 퇴계로50길 43-7 (우-04618)
전화 (033)251-1195, 010-5211-1195
이메일 sisogum@hanmail.net
다음카페 hppt://cafe.daum.net/poemundertree
ISBN 979-11-6325-023-4 03810

값 10,000원